阿弥の宇宙

棚次正和
Tanatsugu Masakazu

著者（伊勢神宮・宇治橋前にて）

阿弥の宇宙《そら》

棚次正和

目次

二〇一七年

御身厳しき亡き母夢初め

寒中の駅舎凛々天に反る

清貧の先祖住む街初天神

草萌ゆる御崎に御座す伊和都比売

❖二〇一七年

橋立や初夏の大地に松が臥す

夕凪の外湯めぐりの雪駄かな

炎天の真白き社女人傘

紫陽花や大師と登る甲山

緑陰の御堂寂静円珍像

無限遠点を語る友あり原爆忌

神妙な大人の声や盆帰り

鼻かみし懐紙の温み冬銀河

❖二〇一七年

冬茜盆地に光り来る列車

年の瀬や先祖語りし古老《ひと》の墓

歳末やそっぽ向きたる仁王像

❖二〇一八年

仁和寺の桜となりぬ青き空

深山の隠遁跡に蛙鳴く

新緑の山懐の古仏かな

ばぶばぶと初夏の湯白き裸身たち

❖二〇一八年

入梅や雪の博士の新書読む

仙骨に深く息溜め雲の峰

新開の屋敷言問ふ黒揚羽

それぞれのモナドの開け秋闌《た》ける
（モナド：単子、独りの人）

❖二〇一九年

声は川原の稚児か寒椿落つ

家路急く中折れ帽に寒の月

吟詠の消えては聞こゆ寒川原

アベリアの葉に葉の出づる鬼遣らひ

❖二〇一九年

薄綿をまとひ但馬の山笑ふ

孤高なる楼閣の森春の鬱

大聖堂焼け落つ晩春の覚悟

公園の手鞠の音に春暮るる

淡海の大鳥揺るぎなき飛型

「藝道論」読み終えぬまま風薫る

新緑の喫茶はまろき布袋尊

園児らの乱入一過の冷房車

❖二〇一九年

夏来るらし妹のフラ発表会

風青く風なるままに独歩する

欺きて空にたわわな百日紅《さるすべり》

散策の公達の眼は青き梅雨

地下道の渦巻く化石炎暑来る

えのころ草藤原京址の御田の風

ＬＥＤの闇浮き上ぐる盆の花

視れども見えぬ大和三山天高し

❖二〇一九年

馬引きの転びて闌《た》ける秋祭り

薄野の祭祀の岩根風わたる

水澄みて円空仏の鑿の跡

秋晴れや熊除け鈴の音と登る

嵯峨菊の細く伸びゆく空と海

立冬や独立独歩のニューシューズ

鈴なりの三千世界の聖樹かな

❖二〇二〇年

光秀の苔むす城址寒椿

五輪の塔ご夫妻逝きし春の日よ

客の咳を厭ふ昼餉や浅き春

（保江邦夫『神の物理学』）
「神の物理学」に参じるほどの春は来ぬ

❖二〇二〇年

塀の絵に枝垂れる桜ほいくえん

飛花落花「だいじょうぶだぁ」と往きにけり

春風や母の匂ひのする仏花

川辺なる緑陰ヨガの猫ポーズ

人間《じんかん》は一間《いっけん》なるか夏の蝶

このままでよしと夏雲宙に立つ

万緑や八雲となりて想ひ散る

新しき日常草いきれの風

❖二〇二〇年

涼感のマスク比叡の山蒼し

コロナてふ共同幻想梅雨あがる

（阿弥：阿弥号を持つ念仏僧）
阿弥合掌の如き雲行く笹竜胆《りんどう》

秋麗ら父母も祖父母も住みし家

秋雲や生家の太き床柱

正面の島まで一里風さやか

秋晴れのものぬけの家の光かな

薄紅の芙蓉この世にありませり

❖二〇二〇年

秋天の修験の滝やベビーカー

栗を売る山人気配消してをり

校舎より歓声疎水の草紅葉

単車の父の背の温もりや秋の暮

（郷里・讃岐白鳥にて）

行く秋や手袋業の百年碑

何故なしに生く立冬の朝日和

曇天の広場に電飾サンタ来る

宇宙船地球号なる大祓

❖二〇二一年

葉牡丹や天位の移る星にをり

立春や雲蹴る如くボール蹴る

斜交ひに大空刷きし春の雲

晴天下リュックに葉付き大根を

❖二〇二一年

生産者の顔もいろいろ春野菜

飛び石を渡れば白木蓮の黄泉

黙食は修行の如く春麗ら

太陽の塔に似てゐる椿挿す

群れずゐる山懐の山桜

つちふるや古都洛陽の市匂ふ

花過ぎて母の浜風七回忌

長閑なる漏刻の矢よ天智陵

❖二〇二一年

「たましひと遺伝子」結ぶ藤の花

川を割る大堰《おおい》秦氏の風薫る

駒送りの如く河原を飛ぶ黄蝶

肉の身の愛《いと》しさといふカーネーション

ＵＦＯの乱舞か夏空のトンビ

水芭蕉病みし泰斗の太き眉

紫陽花の青なほ青し雨雫

白南風《しらはえ》や帰りはバスを待たずして

❖二〇二一年

煩ひは向かうに捨てて心太《ところてん》

この身さえ透けて移ろふ盆の風

懐かしき声のする方黄ほおずき

愚痴は愚痴感謝は感謝白き萩

えのころ草の穂先の向かう大内裏

青春の蹉跌葉月の小椋佳

声高の老女に似合ふ梨二つ

ポップコーン軋み始める秋の月

❖二〇二一年

白髪の身にて大の字星月夜

涅槃図は遠き記憶の秋の空

水澄みて前宮直き御柱

墓守の一本杉と鰯雲

神前の野に落つ毬栗の供物

（守矢史料館にて）
鹿の首並びて静かなる秋日

大空の青さに秋思透きとほる

干し柿や汽笛が三度野に響く

❖二〇二一年

初冬の空湖《うみ》二相の流線形

（年縞博物館にて）
湖底に積む七万年の落ち葉かな

寒凪の湖畔の宿で聞くエンヤ

小春日やシューズに飛鳥人の風

小春日に陶板屏風の二条殿

（舞鶴にて）
縺れたる追憶冴ゆる赤れんが

大人《うし》逝きて永久のいのちの年の暮

二〇二二年

平らけき御所の構えや初御空

松過ぎて変わらぬ声の友遠し

金柑の酸味残りて塞《さい》の神

見上ぐれば殊に間近き山笑ふ

❖二〇二二年

春の野の瀬織津姫の祭祀跡

流水堂の墨痕麗らかに疾風《はやて》

ムスカリの庭に妖精《シルフ》の来たるらし

明け透けな昭和の匂ふ鰻丼

賀茂氏の秘めたる由緒黒き蕎麦

薫風や役行者のチャリン棒
（チャリン棒：錫杖）

万緑の中へ放たれたる独り

宇宙《そら》に浮く青き地球の山ツツジ

❖二〇二二年

白き紅き炎秘すればシクラメン

花菖蒲人待つ時は過ぎ積もり

パラレルシフトの書に栞さす五月闇

一本道の青葉若葉の息を吸ふ

緑陰へ転がるゲートボール跡

安倍氏の恩讐を超えて向日葵《ひまわり》

飾り幕は月の砂漠や祇園祭

よう来たなお茶でも飲むか雲の峰

❖二〇二二年

惟神《かんながら》霊幸《たまち》倍坐世《はえませ》 原爆忌

リュック負ひ背筋を伸ばす終戦日

白雨や川原を駆ける頭陀袋

来客の羽織のにほひ盆提灯

送り火や雨後に深まる有の闇夜

星明りただここにゐるだけのこと

水澄みて此岸《しがん》へ響くトランペット

秋暑き二条大橋のジョガー

❖二〇二二年

長椅子を独り占めして秋独り

仮面《マスク》脱ぎ響く母音の清やかなり

紅白のパンパスごろ寝するカボチャ

キッチンの蛇口新し秋夕焼

賢治忌や修羅を呑み込む大銀河

観楓や二河白道の二尊院

御陵《みささぎ》へ木沓跡めく落葉踏む

あと半円の誕生ケーキ冬来たる

❖二〇二二年

小春日や飛び石を飛ぶ児の間合ひ

鏡像と吾とのギャップ聖降誕

法然の念仏《ねぶつ》高らか山紅葉

❖二〇二三年

日の本に生まれ丸《まある》き餅を食ぶ

注文の多き客人蕎麦湯の香

冬帽のクリップ捩れ空青し

残雪や黒字に浮かぶ大文字

❖二〇二三年

駆け抜ける朱色のシューズ小雪舞ふ

垣間見る春雲の古墳時代を

被害者も加害者朧なる闇夜

縄文の語り部外は皐月雨

自販機の「つめた〜い」文字へ手を伸ばす

花びらの覆ふ天地に分け入りぬ

陽水の「白い一日」夏初め

鎌足の館は何処青嵐

❖二〇二三年

公園の墳墓に青き風わたる

夏草や遺跡の上の小学校

賀茂祭泣き女の如く牛車往く

（御諸山＝三輪山）
水無月の御諸山の小蛇かな

物部の出自斎庭《ゆにわ》の尾長鶏

山辺は独歩が似合ふ揚羽蝶

鳥見山の登拝道標《みちしるべ》の四ひら

鳥見山の斎庭に溜まる夏日かな

❖二〇二三年

メビウスの茅の輪くぐりや蒼き空

海拓榴市《つばいち》の残留思念夏河原

歯科帰りの唇厚き冷房車

百日紅空より花顎零れ落つ

苅萱《かるかや》の願行具足高野槇

北山へ入道雲が案内《あない》する

芒の穂老婆のやうに日拝す

石清水零れ落ちたる秋夕焼

❖二〇二三年

明月やヒミコの隠《こも》る八幡宮

ほんたうの幸せありぬ冬銀河

鱗雲涙の粒のレゾナンス

日は昇る太子の霊夢初紅葉

天高き飛鳥路老若のペダル

柿熟れて目元清しき飛鳥仏

秋山に十三重の塔の浮く

旅立ちの人よ真っ青なる秋空

❖二〇二三年

小春日の青石畳手水枯る

古事《ふること》は忘却の海美保の冬

冠雪の大山中海へ聳ゆ

石段は神魂《かもす》の王家冬に入る

石段は砦の宮か冬帽子

奥山の出雲王墓に冬日射す

神在月出雲国造館跡

北山の冴ゆる連峰よぎるバス

❖二〇二三年

たまゆらの聖樹大地を踏む僕等

年末や床屋の軽き足捌き

二〇二四年

玉砂利の音の孤絶よ初御空

川の辺は翻るマントの二人

この宇宙《そら》は独りの視野か実南天

春雷や山並み黒く沈みをり

❖二〇二四年

春光が吾《あ》も汝《な》も包み込む午睡

（知恩院にて）
急勾配の石段往けば到彼岸

春寒や見知らぬ義父の納骨堂

積読のファイル並びたる春愁

建国日父祖の地踏みし渡来人

三寒四温焙煎の香に着座する

耳鳴りの猛るがままに山笑ふ

屋根上を駆けるドローンや春の空

❖二〇二四年

（半田広宣『シリウス革命』）
春宵は「シリウス革命」の読後

静々と電動シャッター桜咲く

地より湧く枝垂れ桜の放物線

古事《ふること》の語り部の筆人麿忌

外国《とつくに》のサイクリストや初夏の川
新緑は白木の念仏湧きて滲む

あとがき

初めての句集です。まさか句集を出版することになろうとは、夢にも思っていませんでした。俳句との出会いは比較的遅く、小生が三十二才の時に、大学の先輩・冨田興次氏のご紹介で、俳句誌『青』の主宰者・波多野爽波先生より添削を受けたことが切っ掛けでした。毎月一度、十句の添削をしていただきましたが、毎回、朱書きだらけの添削が返って来て、丁寧に噛んで含めるように御指導いただきました。下手な拙句をよくも根気強く添削して下さったものと思います。先生が熱心にお勧め下さった句会へは、結局は一度も行かず終いでした。以下は、先生から頂戴したお手紙からの引用です。

「主観」を「言葉」に置き替えてばかりいても、それは全くの「概念」「常識」に過ぎず、読み手に何らの感動も伝えられません。有季十七字という制約の俳句という詩は、こういうことでは何の力も持ち得ません。兎も角、「寫生」に徹することによって、そういう「常識」「概念」などをいかにして頭の中から追い出してしまうか。この詩にとりついた以上、先づそのことに全力を傾けねばなりません。「自然」を相手として、わが身を自然の只中に置いて、自然と肌を接して、目の前すぐのもの、足元そこにあるものに直面して、これを具体的に十七字を以て「描く」ことです。心を虚しくして自然を、そして「もの」を見る。辛抱してよく見て、向うから飛びこんでくるものを待つのです。（昭和五十七年三月）

いま読み返してみれば、誠にご指摘のとおりだと感じます。世界を言葉で切り取るのではない。自然の中に身を置いて、飛び込んで来る「もの」をじっと待ち受け、それを言葉に写すのが「写生」ということです。波多野先生による添削は、一年半ほど受けたでしょうか。その後、三十年間以上ものブランクがありました。ところが、定年退職して暫く経った或る日、ふと俳句のことを思い出し、句作を再開することに想い至ったというわけです。残念ながら、この度もまた「我流」の俳句です。ただ、テレビ番組「プレパト」の夏井いつき先生による俳句の添削は、ほぼ毎回興味深く拝見しており、説明より映像、季語を活かす、三段切れにならない、語順や季重なりに注意する等々、上五・中七・下五に関して俳句の「いろは」を学ばせていただいております。

実は、小生の大学での専攻は「宗教学」（実質的には宗教哲学）でしたが、その教室の大先輩に大峯顕(俳号：大峯あきら)先生がおられました。フィヒテ、ハイデガー、親鸞、西田幾多郎等の宗教哲学的思想の研究者にして俳人でもいらっしゃり、吉野にある浄土真宗本願寺派・専立寺の住職も務めておられました。難解な思想を噛み砕いて明解に解説される特殊な才能をお持ちで、思索と詩作の両刀遣い、あるいは理論と実践の双方ができる、誠に稀有な先生でした。思索に於ける明解な解説と詩作に於ける平明な表現は、現実の渾然たる事態を自然の分節に沿って言葉で割り切る（事割《ことわ》る＝言割《ことわ》る）という点で、共通するものがあるように思われます。

本来ならば、大峯先生に俳句のご指導を仰ぐべきでしたが、虚子の最晩年の直弟子として余りにもご高名なので、思わず尻込みしてしまったのです。せっかくのご縁を生かせなかったことを悔やみますが、当時は俳句よりも学業（研究）の方が先決と考えていました。大峯先生で想い出すのは、宗教学教室の忘年会の席上だったか、先生が近況報告がてら、俳句のことにも触れられ、次のように話されたことです。「学生時代から俳句には親しんで来ましたが、この世界は、思索の世界とは全く異なるもので、皆さんにはちょっと分からないのではないでしょうか。俳句には俳句独特の世界と悦びがあるのです。」当時はその真意が分かり兼ねましたが、いまごろになって、ようやく事柄の核心となるものにぼんやりと気づき始めたように感じています。

大峯先生の句風は、有季定型の伝統を守りながら、吉野の自然が持つ大きな循環とリズムに共振する日常生活の中で、「物の見えたる光」のその一瞬を写生するというものです。しかも、奇を衒わず、ごく平明な言葉で活写するのが特徴です。たとえば、次の三句は、句集『吉野』に収録されたものですが、誠に平明な言葉遣いです。

まだ名無き赤子にのぼる山の月

大雪に神事の鯉の匂ひけり

人は死に竹は皮脱ぐまひるかな

あとがき

赤子と月、大雪と神事の鯉、人と竹の生死の重なり、自然のバイオリズムと人間のバイオリズムが生死の深みで共鳴している事態を、当たり前の平明な言葉で掴み切っています。先生の言葉を借りれば、「事柄をことばに吸収しよう」と努めるのではなく、反対に「ことばを事柄のあるがままへ還そうとする」ことが大切であり、そういう道を徹底して歩んだ良寛の歌を、子供の無邪気にも通じる「天真のうた」と絶賛しておられました。俳句は「自我の歌ではなく、存在の歌である」、これが先生の持論でした。このような句境は、小生にはまだまだ遥か遠く（むしろ、遥か手前）にあって、その片鱗さえ窺えませんが、この度たまたまご縁があって、誠に未熟ながら、句集の出版を決意するに至りました。「旅の恥はかき捨て」とばかり、旅の途上で上梓させていただく次第です。

❖著者プロフィール

棚次正和（たなつぐまさかず）

一九四九年香川県生まれ。京都大学文学部哲学科（宗教学専攻）卒業、京都大学大学院文学研究科（宗教学専攻）博士課程修了。一九九二年筑波大学助教授・教授（哲学・思想学系）を経て、京都府立医科大学教授（医学生命倫理学）、二〇一五年定年退官。現在、京都府立医科大学名誉教授。「宗教と科学の対話研究会」世話人。

❖主著

『宗教の根源』（世界思想社）
『祈りの人間学』（世界思想社）
『医療と霊性』（医学と看護社）
『超越する実存』（春風社）
『新人間論の冒険』（昭和堂）

❖共著

村上和雄氏との共著『人は何のために「祈る」のか』（祥伝社）
山中弘氏との共編著『宗教学入門』（ミネルヴァ書房）

阿弥の宇宙《そら》

二〇二四年一〇月五日発行

著　者　棚次正和

制　作　株式会社牧歌舎
〒六六四－〇八五八　兵庫県伊丹市西台一－六－
十三伊丹コアビル三F
TEL　〇七二－七八五－七二四〇
FAX　〇七二－七八五－七三四〇
http://bokkasha.com　代表者：竹林哲己

発売元　株式会社星雲社（共同出版社・流通責任出版社）
〒一一二－〇〇〇五　東京都文京区水道一－三－三〇
TEL〇三－三八六八－三二七五
FAX〇三－三八六八－六五八八

印刷製本　冊子印刷社（有限会社アイシー製本印刷）

ISBN978-4-434-34607-1　C0092